犬にかまれたチイちゃん、動物のおいしゃさんになる

今西乃子 作
あたちたち 絵

岩崎書店

このお話は、ほんとうにあったできごとをもとに書かれました。
主人公、チイちゃんのモデルになった先生は、いまも、動物のおいしゃさんとしてかつやくしています。

もくじ

チイちゃんの夏休み　6

おじいちゃんちの犬　20

チイちゃん、犬にかまれる！　38

チイちゃんと馬 56

目(め)ざせ！ 馬(うま)の獣医(じゅうい)さん！ 68

かみつき犬(いぬ)・マルとのであい 76

チイちゃん先生(せんせい)の診察室(しんさつしつ) 86

チイちゃんの夏休み

その日のあさ、チイちゃんは、うんと早くに目がさめました。
時計はまだ5時をさしていますが、夏の太陽はすでにのぼって、まどの外はすっかりあかるくなっています。
家のなかはとてもしずか……。お父さん、お母さん、お兄ちゃんは、まだねむっているようです。
いつも、やんちゃで元気いっぱいのチイちゃんですが、けさはますますパワーぜんかい！

新幹線にのって、お父さんといっしょに、大すきなおじいちゃんとおばあちゃんの家にあそびに行く日だからです。
大きくのびをしてベッドからとびおりると、チイちゃんは、飼っているザリガニが入っている水そうをのぞきこみました。
「ザリー！ おはよう！ 今日からおるすばんだね。さびしいけどがまん、がまんだよ」
ザリーとはザリガニの名前のことです。

チイちゃんは、近くの田んぼの水路でつってきたザリーをとてもかわいがっていました。ザリーのおせわもチイちゃんの仕事です。でかける前に水そうの水をきれいにしなくてはなりません。チイちゃんはパジャマをきたまんま、ザリーを水そうからとりだし、もってきたバケツのなかに入れて、つくえの上にあった教科書でフタをしました。ザリガニは脱走の名人！ フタをしないと、わずかな時間でも、たちまちにげだしてしまうのです。

チイちゃんは、小さな水そうを「うんしょ！」とりょう手でもちあげると、おふろ場に行き、水をぬいて、水そうをきれいにあらってから、カルキをぬいた新しい水を入れました。

「ようし！ きれいになったぞ！」

そうじもなれたものです。きれいになった水そうをもって部屋にもどると、バケツにかぶせておいた教科書がゆかにおちています。

「あー！ またた！」

ザリーが、バケツから脱走したのです。

「ザリー！ どこにいったの～？」

すると、ドアがすこしあいていたとなりの部屋から「ぎゃー！」というお兄ちゃんの声がきこえてきました。

ザリーの脱走先は、3歳年上のお兄ちゃんの部屋です。

チイちゃんが、あわててお兄ちゃんの部屋に入ると、ザリーはお兄ちゃんのベッドの上にのって、ハサミをふりかざしているではありませんか――。

「チイちゃん！　早く、ザリーを逮捕しろ！」

ザリーがハサミで、お兄ちゃんのおしりをはさんだらたいへんです。

チイちゃんは、ザリーがお兄ちゃんのおしりにぶらさがっているすがたを想像して、「ぷぷぷ！」とわらいながら「確保！」と言って、ザリーを手でひょいっともちあげました。

その悲鳴に気づいたお母さんが、お兄ちゃんの部屋にやってきました。

チイちゃんは、なにもなかったようにザリーをお母さんに見せると、

「お母さん！　おはよう！　ザリーのお水はちゃんとかえたから、お父さんとあたしがかえってくるまで、わすれないようにザリーにごはん、あげてね！」と言いました。

10

おじいちゃんの家に行くのは、チイちゃんとお父さんで、お母さんとお兄ちゃんは、おるすばんです。
「ちゃんと、おせわしておくから心配しないで、はやくパジャマをきがえなさい」
チイちゃんは「はあい！」と元気よくへんじをして、自分の部屋にもどり、ザリーをきれいになった水そうにもどしました。
「ザリー、脱走しないで、おとなしくおるすばんしてなよ」
やさしく言うと、ザリーの入った水そうをなでなでしてから水そうのふたをしっかりとしめました。
「これで、よし……と」
チイちゃんは、フタのしまりぐあいをもう一度たしかめると、洋服

にきがえて、ザリーがすこしでもいごこちがいいようまどをあけました。ザリガニはあつさがにがてなのです。

この春、小学校3年生になったチイちゃんは、小さいころから動物が大すきです。

学校のかえりに家の近くの田んぼや川にいって、カエル、どじょう、ザリガニなどをつかまえては大事に飼っていました。

世話がめんどうくさいなんていちども思ったことはありません。

学校でイヤなことがあっても、動物たちを見ているだけでたのしくて、イヤなことはすぐにわすれてしまいます。

やんちゃで、どろんこあそびがすきで、ヘビだろうと、カエルだろうと、

12

カマキリだろうと、動物ならなんでも友達になりたいチイちゃん。学校の友達とあそぶのも大すきでしたが、ことばを話さない動物たちは、学校の友達とはまったくちがったたのしみをチイちゃんにくれました。

でも……、動物が大すきなだけに、悲しいこともたくさんありました。

それは、動物が死んでしまったときのことです。

おさないころ飼っていた金魚も鳥もカブトムシもみんな死んでしまいました。

それだけではありません。学校のかえり道のとちゅうで電線からおちて死んでいたスズメ、うずくまったまま動けなくなって死んでしまったハト……。生き物がつぎつぎ死んでいくことがとても悲しくてしか

たがなかったのです。
そのたびに「生きているものって、いつかはかならず死んでいっちゃうんだなあ……」とかんがえていたのです。
水そうのなかで元気にしているザリーも、いつか死んでいくのでしょう。
でも、今はそんなことはかんがえていられません。今日からたのしいことがたくさんまっているのです。
そう思うと、きゅうに元気がもどってきました。
「悲しいことは、心のひきだしにしまってロック！」
チイちゃんは大きな声でそう言うと、おじいちゃんの家で飼っている「クロ」と「アカ」のことをかんがえました。

おじいちゃんとおばあちゃんに会えるのもたのしみでしたが、動物が大すきなチイちゃんのいちばんのおめあては、犬のクロとアカに会えることだったのです。

チイちゃんは、カブトムシやザリガニや、鳥ではなく「もっと大きな動物が飼いたい」とずっと思っていました。

とくに、ふわふわして、すぐ友達になれそうな……犬！学校のかえり道で会う犬は、チイちゃんを見ると思いきりシッポをふって、大よろこびしてくれます。

ジャンプして、顔や手をぺろぺろなめて、よろこびを全身で、あらわしてくれるのです。

そのすがたは「きみのことが大すき!」と言ってくれているようで、いっしょにいるだけで心がぽかぽかになります。

おじいちゃんの家のクロとアカも、チイちゃんが大すきです。

チイちゃんが、おじいちゃんの家に行くのは、夏休みとお正月だけなのに、クロもアカも、ちゃんとチイちゃんのことをおぼえていてくれて、会うと大よろこびするのです。

ザリーもかわいいけれど、カブトムシやザリガニは、チイちゃんを見てもわらってくれません。

「自分も犬を飼いたいなあ」と、いつも思っていたチイちゃんですが、チイちゃんがすんでいるマンションのルールで犬を飼うことはゆるされていません。

どんなにほしいと思っていても、飼うことができなかったのです。

でも、おじいちゃんの家はちがいます。大きなお庭がある一軒家で、犬でもネコでも、どんな動物でも飼うことができるのです。

そんなわけで、おじいちゃんの家に行く夏休みとお正月を、チイちゃんはとてもたのしみにしていました。

とくにたのしかったのは、お正月より、夏休みです。

お正月はお年玉がもらえますが、さむい季節には、セミもカブトムシもカエルもいません。ホタルも見ることができません。

お年玉より、動物がすきだったチイちゃんにとって、夏休みは最高！

クロとアカにも会うことができて、２頭のさんぽがてら、昆虫採

18

集もできるからです。
　うれしくて、たのしみで、ねむってなどいられません。けさ、だれよりも早く目がさめたのは、早くクロとアカに会いたいからでした。

おじいちゃんちの犬

東京からのった新幹線がおじいちゃんのすむ町の駅につくと、まどの外に見なれたおじいちゃんとおばあちゃんのすがたが見えました。お父さんの仕事のつごうで、これまで夜の新幹線にのっておじいちゃんちにきていたチイちゃん。いつも、つくまでに新幹線のなかでねむってしまって、ねぼけまなこでおじいちゃんたちに会っていました。でも、今日はお父さんの仕事が休みなので、いつもよりうんと早いお昼すぎのとうちゃくです。今日はまだまだあそべそう！

太陽はあたまのてっぺん！　ますます元気がわいてきます。

「わーい！　おじいちゃーん！　おばあちゃーん！」

チイちゃんは、新幹線をおりると、思いきり走って、ふたりにかけよりました。

そこから、ローカル電車にのって、おじいちゃんの家にむかいます。近くの駅からすこしあるくと、おじいちゃんの家にとうちゃくです。見なれた小さな路地をまがると、おじいちゃんの家が見えました。

「クロ！　アカ！」

家の門をあけると、おもての庭に元気なクロとアカがチイちゃんを見て大かんげい！

2ひきは、まん丸なふさふさした大きなシッポをぶんぶんとふりま

した。
かわいくてしかたありません。
チイちゃんは、かけよってクロをだきしめました。アカもそれを見て大よろこびでチイちゃんにジャンプします。
犬ってほんとうにかわいいなぁ……。チイちゃんは、おじいちゃんの家にくるといつも思います。
そして、その思いは2頭に会うたびに強くなっていくのです。
こんなかわいい動物が毎日家のなかにいたらどんなにたのしいだろう——。
そう思いましたが、チイちゃんのマンションでは、犬はかえないのです。こればかりは、どうすることもできません。

「お父さん！　早くクロとアカといっしょに、河原にあそびにいこうよ！」

毎年、おじいちゃんの家にいるあいだは、クロとアカのさんぽはお父さんとチイちゃんの担当です。

クロとアカは、柴犬の血がまじったミックスの中型犬で、とてもかしこい犬なので、小さなチイちゃんでもリードをもっておさんぽをすることができます。

チイちゃんの担当はクロで、すこし大きなアカのリードをもつのはお父さん。

「ねえ！ お父さん、早く！ 早く！ にもつおいて、すぐにおさんぽ行こうよ」

チイちゃんが言うと、お父さんが言いました。

「チイちゃん！ 今、何時だと思う？」

チイちゃんは、お父さんの左うでをぐいっとひっぱって、うで時計をのぞきこみ「2時だよ！ おやつの時間はまだ早いよ。それにおや

24

つはいらない！　さんぽに行きたい！」と、言いました。
「お父さんはね、おやつのことをしんぱいしてるんじゃないよ。チイちゃん、サンダルをぬいで、はだしでおもての道路をあるいてごらん」
なんのことかさっぱりわかりませんが、お父さんに言われたとおり、はいていたサンダルをぬいで、アスファルトに足をつけたとたん……
「アチッチッチ！」
チイちゃんは、とびあがって、すぐサンダルに足をもどしました。
「ね？　あついだろう？　そのままあるいていたらやけどするかもしれないぞ。チイちゃんはくつをはいているからだいじょうぶだけど、クロもアカも、くつをはいていないんだ。真夏の昼間に犬をさんぽさせることは、犬をいじめているのとおなじことなんだよ。チイちゃん

は、今すぐにでもクロとアカといっしょに走りまわりたいだろうけど、クロとアカがいたい思いをすると、チイちゃんも心がチクチクするだろう?」

お父さんに言われて、チイちゃんはハッとしました。自分のたのしみだけかんがえて、クロやアカのことをかんがえていなかったのです。

「それだけじゃない。こんな時間に、全身毛が生えている犬を太陽の下であるかせたらたちまち熱中症になって、たおれてしまうぞ!」

ふと見ると、玄関でチイちゃんを大かんげいしたクロもアカもあついのか、おじいちゃんがヨシズでつくった屋根の下に避難してゴロンと横になっています。それを見たチイちゃんも、ヨシズの下に入って

みました。ひなたとはまったくちがいます。そこでサンダルをぬいではだしであるいてみると、アスファルトの上とは大ちがい！　ひかげになっている庭のしばふは、きれいに刈ってあって、ふわふわしていて、あつくもなく気持ちいいくらいです。

ここならクロとアカは、のんびりお昼寝をたのしめます。気もちよさそうにねている2頭をながめながら、チイちゃんは、ふと思いだしました。

これまでの夏休み、おじいちゃんの家につくのは夜で、その日は、ねるだけ。

あさのさんぽもすごく早い時間だったし、夕方のさんぽもおふろに入ったあとの夕ぐれどきに行っていました。

「そういえば浴衣をきて、クロとアカをつれて、線香花火をしに河原に行ったこともあったっけ?」

花火をする時間と言えば、すでにあたりはまっくら。アスファルトもあつくはないはずです。これまでの夏休みのことをつぎつぎと思いだしたチイちゃんは、クロとアカに「ごめんね……こんな時間におさんぽ行こうなんて……」とあやまりました。

それから、チイちゃんは、おじいちゃんからいろいろ犬のことをおそわりました。

犬には、あせをかく穴が人間のように全身になくて、あせをかけるのは足のうらの肉球だけだってこと。人間より地面にちかいところに体があるので、熱中症になりやすいってこと。

犬があついときにハアハア言うのは、体にたまったねつを外にだすためだってこと。ハアハアが長くつづくと、ねつがたくさん体にたまっているサインなので、すぐにすずしい場所につれていってあげないとだめだってこと。そして、なにより飼い主さんが犬のことをしっかり勉強して、いつも犬の気もちをかんがえていっしょにくらさないと、おたがいしあわせになれないってこと。

ふと見ると、ヨシズの下にあるおじいちゃんお手製の犬小屋には、うずまき蚊とり線香もつるされています。

「毛がたくさん生えているのに、犬も蚊にさされたらかゆいんだね……」

おじいちゃんに言うと「かゆいだけじゃなくて、蚊がもってくる犬

の病気もあるんだよ」とおしえてくれました。

毎年見ていたことですが、まだおさなかったチイちゃんは、これまでそんなことなど気にもしなかったのです。

「もう3年生だから、チイちゃんもいろんなことにきょうみがわくんだね！これからもっと、もっと、いろんなことをしって、いろんなことをかんがえなくちゃね」

おじいちゃんが、むぎわらぼうしの上からチイちゃんのあたまをなでて言いました。

蚊を介してうつる犬の病気は「フィラリア症」と言って、薬で予防しないと死んでしまうこともあると言います。

チイちゃんは、犬小屋の蚊とり線香を見ながら、ザリガニもそうだ

けど動物を飼うのって、動物たちのことをたくさん勉強して、動物の気もちをかんがえてあげることがたいせつなんだなあ……と思いました。

そう思うとすぐにさんぽに行きたい気もちはどこへやら……、すずしくなる夕ぐれどきまで、家のなかでおやつでも食べようと思ったとたん、おなかがグーッと鳴りました。

「おなかへったねえ……。ジュースもおやつもたくさんあるから、早くなかに入りなさい」

おばあちゃんがわらいながら手まねきして玄関のドアをあけました。

「はーい！」元気よくへんじをして、チイちゃんが玄関にむかったそのとき、うら庭から「ワンワン！」という犬の鳴き声がきこえてきま

した。

「あ！　ポチだ！」

うら庭には柵があるので、ポチはこちらにくることはできません。

「チイちゃん、ポチには手をださないようにね……」

毎年、おなじことを注意されるので、チイちゃんはだまってうなずくと、柵ごしにポチに小さく手をふって、家のなかに入っていきました。

にもつをおいて、チイちゃんが、もってきたおみやげをおばあちゃんにわたすと、おばあちゃんがつめたいオレンジジュースと、3色ダンゴをだしてくれました。

右手にジュース、左手にダンゴのくしをにぎりながら、チイちゃんはうら庭のポチのことをおじいちゃんにききました。

「ポチは、どうしてかむのかなぁ……」

おじいちゃんの家では、クロとアカ、そして柴犬のポチを飼っています。

クロとアカはとても人なつこい犬ですが、ポチはおじいちゃん、おばあちゃん以外の人にはなれず、それ以外の人がなでようとすると「ガブッ」とかみつくというのです。

そのため、人なつこいクロとアカは人がよく出入りするおもての庭で、ポチはしらない人がとおらないうらの庭で飼われていたのです。

でもおじいちゃんたちがポチをかわいがっていないわけではありません。ポチも、クロとアカとおなじように家族としてたいせつに飼っていました。

「ねえ、おじいちゃん、ポチはどうしてクロとアカみたいに人なつこくないの？　おなじおじいちゃんの犬なのに……」
「おなじお父さん、お母さんの子でも、チイちゃんとお兄ちゃんは性格がちがうだろう？」

おじいちゃんに言われて、けさ、ザリーを見て大声をだしていたお兄ちゃんのことを思いだし、チイちゃんはまた「ぷぷぷ」とふきだしそうになりました。

「どうしてかなあ……」チイちゃんはストローでジュースをのみながら首をかしげました。

「どうしてなんだろうね……ポチはこわがりなのかな？　こわいから、よくほえるし、こわいから、すぐかんじゃうんだろうね？」

おじいちゃんが言いました。
「ほんとうに？ ポチってこわがりなの？ おじいちゃん」
「……さあね……。これはおじいちゃんの想像だよ。ほんとうの理由はポチにきくしかないけど、ポチはしゃべれないからね……」
「ポチの気もちは、ポチにきくしか、ないんだねえ……ポチの気もち、しりたいな」
「じゃあ、今日の夕方は、クロとアカとさんぽしながら、クロとアカがどんなことをかんがえているか、チイちゃんも犬の気もちになってかんがえてみたら？」
お父さんが言いました。
時計を見ると、4時をすこしまわったところです。

「まだまだ、アスファルト、あついよね？」

チイちゃんはお父さんがうなずくのを見ると、のみおわったコップとダンゴのくしを座卓におき、たたみの上でゴロンと横になりました。おなかもいっぱい。あさも早くおきたのでとたんにねむくなってきます。チイちゃんは、い草のにおいのするたたみの上で、ウトウトしながら、「犬の気もちがわかったら、もっと、もっと、なかよくなれるのになあ」と、そのとき思ったのでした。

チイちゃん、犬にかまれる！

おじいちゃんの家で、クロとアカとたくさんあそんだ夏休みはあっというまにおわってしまいました。クロとアカのさんぽ道ではたくさんの昆虫やカエルにもであうことができました。クロとアカは元気でしたが、おじいちゃんの家で2学期がはじまってもザリーは元気でしたが、おじいちゃんの家でクロとアカに会ってから、チイちゃんは、ザリガニより、もっと心がつうじあえる犬とあそびたいと思っていました。

そんなある日のこと――。

チイちゃんのお母さんは、あさからとてもたのしそう！
あさ早くにチイちゃんの部屋にやってくると、
「今日、学校からかえったら、お友達の川田さんちにいっしょに行こう！　すごくいいことがまってるよ！」
と言いながらカーテンをシャーッとあけました。
川田さんは、お母さんととてもなかのよいお友達です。
「なんで？　大きなケーキとかたべられるの？」
くいしんぼうのチイちゃんは、まぶしそうにねむい目をこすりながら言いました。
「ケーキなんかよりもっと、もっと、チイちゃんがすきなもの！なんだろう――？」

39　チイちゃん、犬にかまれる！

その日は、学校からかえるとお母さんが「まってました!」とばかりに玄関にとびだしてきました。

「さあ! はやく、はやく!」

チイちゃんはランドセルを背負ったまま、お母さんと手をつなぎ、川田さんの家にむかいます。

そして、川田さんの家のドアがあいたとたん……。チイちゃんは「あ!」と声をあげました。

なんと、そこには、かわいいふわふわのまん丸な子犬がいたのです。目のまえにいる子犬は、特大のケーキなんかくらべものになりません。チイちゃんの心をたちまちぽかぽかにしてしまったのです。

「うわあ! かわいい! 子犬だあ! ねえ、お母さんかわいいよ。

「すっごくかわいい」
　そのようすを見ていたお母さんも、川田さんもとてもうれしそう！
　チイちゃんが大よろこびで声をあげると、子犬が「ワン！ワン！」と、ほえました。
「マロン！　おいで！」
　川田さんが声をかけると、マロンはちょこちょこと、こちらの様子を見て、遠まわり

しながら、近くにやってきました。
「マロン、ほうら！　チイちゃんにこんにちは！　って言おうね」
川田さんがマロンをだっこして、チイちゃんにそっとさしだしました。
「マロン……こんにちは！」
ドキドキしながら、マロンのあたまをなでようと、手をかざしたとたん……！
「イタ！」とチイちゃんは声をあげました。
なんと、マロンのあたまをなでようとしたチイちゃんの手を、マロンがかんだのです。
川田さんがおどろいて、マロンをはなすと、マロンはにげるように部屋のなかに走っていきました。

42

「だいじょうぶ？　ケガは？」

自分の犬がチイちゃんをかんでしまったのですから、川田さんは、気が気ではありません。

チイちゃんはびっくりしてしばらく声もでませんでした。お母さんがあわててチイちゃんの手をとり、指を見ると、すこし血がでています。

それを見た川田さんがあわてて救急箱をもってきてあやまりました。

「ごめんね……ごめんね……チイちゃん……いたかったでしょう？」

コットンに消毒液をふくませ、チイちゃんの手を消毒しながら川田さんがもうしわけなさそうに、何度も言いました。

それを見ていたお母さんが「チイちゃんがいきなり手をだしたから、

44

きっと、マロンくんがびっくりしたのね……」と言いました。

ケガはたいしたことはありません。

ところが消毒がおわったとたん、チイちゃんは目からぽろぽろとなみだをこぼしてなきはじめたのです。

川田さんは、ますますびっくり！

チイちゃんを見て、また何度もあやまりましたが、チイちゃんは「ちがう……」と言いながら、首をよこにふりました。

チイちゃんは、かまれた指がいたかったわけではありません。

川田さんや、マロンにおこっているわけでもありません。

マロンがかんだのは、きっと自分がマロンのイヤがることをしたからだと思ったのです。

大すきな犬にきらわれてしまったと思うと、とたんに悲しくなってきました。
「マロン……ごめんなさい……」
かまれたチイちゃんがあやまったので、川田さんはまたびっくり！
「……あたしが、マロンのイヤがることをしたから……マロン、きっとなでられるのがイヤだったんだと思う……だから、ごめんなさい……」
そのとき、チイちゃんのあたまのなかに、おじいちゃんの家のポチのことが思いうかびました。ポチもおじいちゃん、おばあちゃん以外の、しらない人からなでられるのがきっとイヤだったんだ……。そう思ったのです。

お母さんはなにも言わず、やさしくチイちゃんをだきしめました。
「……チイちゃんは、すごくやさしいね……犬にかまれたら、ふつうは犬のことこわくなってきらいになっちゃうのにね……マロンのことゆるしてくれる？」
　川田さんがチイちゃんのあたまをなでて言いました。
　チイちゃんは、だまってうなずくと「マロンも、あたしのこときらいにならないでゆるしてくれるかな……」と言いました。
　マロンがイヤがることをしたのは自分。だから、わるいのは自分——。
　チイちゃんは、マロンの気もちをきいて、なかよくなりたいと思いましたが、おじいちゃんが言っていたように、犬は話をすることができきません。

47　チイちゃん、犬にかまれる！

チイちゃんは、ポチのときにもまして「犬の気もちがわかれば、どんなにいいだろう」と思いました。
話ができなくても、犬の目やしぐさで、犬の気もちがわかれば、マロンにもかまれることはなかったはずです。
犬は、人間のように「やめて！」とは言えません。
イヤなことをされても、手ではらいのけることもできません。
だったら、「やめて！」をどう人間につたえたらいいのでしょう——？
マロンがかんだのは「やめて！」と、チイちゃんにつたえたかっただけなのかもしれません。
かえり道、チイちゃんはお母さんと手をつなぎながら、ばんそうこうがまかれた人さし指をながめて、ずっと、ずっと、そのことをかん

あたらしい年があけ、春がきてチイちゃんは4年生になりました。

高学年になったチイちゃんは、昆虫や鳥より、大きな動物にきょうみをもちはじめました。動物園で見るライオンやトラ、馬もすきでしたが、動物園の動物とはなかよくなることはできません。なかよくなれる動物と言えば、やっぱり近所にいる犬やネコです。

チイちゃんは、もっと犬やネコと友達になりたくて、学校の行きかえりにさんぽであう犬や野良ネコたちに、毎日のように話しかけました。

ただ、かわいがるだけでなく、なかよくするためには、まず自分から「友達だよ！」とあいてに上手につたえることがたいせつなのです。

おじいちゃんの家のクロとアカともますますなかよくなりました。
マロンにかまれた翌年からは、うら庭のポチにもたくさん声をかけるようになりました。ポチの気もちをすこしでもしりたかったのです。
そのためには、自分がまずポチのことを大すきだと、ポチにつたえることがたいせつだとチイちゃんはかんがえました。
「ポチ〜！　かわいいね！」
「ポチー！　大すきだよ！」
「ポチ、いい子だね〜！」
おじいちゃんの家にいるときは、毎日、何度もえがおで話しかけます。

すると、5年生になった夏休みのころから、ポチは、チイちゃんを見てもほえなくなったのです。そして、6年生の夏休みにはチイちゃんを見てシッポをふるようになりました。チイちゃんは大よろこび！

クロやアカほどポチのシッポがぶんぶんゆれるわけではありませんが、「気もちがつうじたのかも！」「ポチがすこし、自分のことをすきになってくれたのかも！」と、うれしくてしかたなかったのです。

それでも、ポチをなでることはできません。おじいちゃんに「さわってはだめ」と言われていたからです。

「いつかポチをなでられる日がくるといいなあ」

でも、小学校を卒業して中学校に入ると部活動や勉強で、これまでのように、ここにくることはできなくなります。

「ポチ、あたしのことわすれちゃうのかな？　またほえるようになるのかな……」
チイちゃんは、ポチをじっと見て、ポチをなでてみようと柵に手をかけました。
それを見たポチがとつぜん、「ワンワン！」と大きくほえました。
ポチとなかよくなるには、まだまだ時間がかかりそうです。
小学校さいごのお正月、おじいちゃんの家に行ったチイちゃんは、クロとアカをなでながら「この春から、中学生になるから、これまで以上にクロとアカみたいにこられなくなっちゃう」と言い、これまで以上にクロとアカといっしょにあそびました。そしてさいごにうら庭のポチにも話しかけました。

「ポチの気もちがうんとわかるようになりたかったな……ポチ、あたしね！　おとなになったら、獣医さんになるってきめたんだ！　獣医さんになったらポチやマロンがなんで人をかんじゃうのか、わかるようになると思うよ」
　そう言って、すぐに気づきました。
　犬の命の時間は、人間にくらべてうんとみじかいのです。
　チイちゃんが、獣医さんになるころには、ポチは天国に行ってしまっていることでしょう——。
　かんがえるとすこし、心がチクチクしましたが、ポチのようにかむ犬はこれから先もたくさんいるはず。獣医さんになれば、そういった犬たちが人間となかよくできる方法を見つけられるかもしれない、と、

チイちゃんは心をふるいたたせました。
「ポチ……、クロ、アカ、またきっとくるよ!」
小学校さいごのお正月をおじいちゃんの家ですごしたチイちゃんは、3頭に元気いっぱい手をふって、家へとかえっていきました。

55　チイちゃん、犬にかまれる！

チイちゃんと馬

チイちゃんが、中学校を卒業し、高校に入学した春、お父さんは仕事でとおくの町に行くことになりました。

チイちゃんたち家族は、お父さんとしばらくべつべつにくらさなければなりません。

さみしがりやのお父さんは、毎日のように電話をかけてきて「夏休みに入ったらこっちの町にあそびにおいで」とチイちゃんをさそいます。

でも、チイちゃんは「そのうちね」とそっけない返事しかしません。

お年ごろのむすめになったチイちゃんは、お父さんのところへあそびに行くより友達とあそんでいたほうがたのしいのです。
チイちゃんにフラれて、がっかりのお父さんですが、お父さんも負けてはいません。
チイちゃんがすぐとんでくる「チイちゃん大作戦」を思いついたのです。
こうしてむかえた高校2年生の夏休み！
お父さんから「馬！」ということばをきいたとたん、チイちゃんは、まるで小学生のように大よろこびしてとびあがりました。
なんとお父さんの仕事場ちかくに乗馬クラブがあり、そこに行けば、すきなだけ馬にのれるというのです。

マンションずまいのチイちゃんがこれまで飼っていたペットといえば、ザリガニ、カエル、昆虫、ハムスター、鳥、など、小さな動物たちばかりです。

そこにとつぜん「馬にのる！」という夢のような話がふってわいたのですから、ことわる理由などどこにもありません。

いてもたってもいられなくなったチイちゃんは、ホイホイとすぐに電車にのって、お父さんのはたらいている小さな田舎町へとむかいました。

もちろん、馬にのるのは生まれてはじめてです。

おとずれた乗馬クラブでは、馬のお世話をしている厩務員のおじさんが、とても親切に、馬ののりかたをおしえてくれました。

58

厩舎のなかにいる馬は思った以上に大きくて、心臓がドキドキします。まっていると、茶色い大きな馬が、厩務員のおじさんにひかれて、目のまえにやってきました。

「うわぁ……! かわいい!」

チイちゃんが挑戦するのは、馬にのってクラブのグラウンドを2周ほどする「引馬」です。

「じゃあ、まずこの台の上にのって……」

馬にのるときは、左側からのるのがきまりです。

チイちゃんは、

おじさんに言われるまま、馬の左よこにおかれた台の上にのりました。
「まず、左手で手づなをにぎって、左足を足をかけるわっかのなかに入れて……」
おじさんが説明してくれたとおり、台の上から左足をわっかに入れ、わっかのなかの左足をじくにとびあがって、右足を馬の上にまわして馬の鞍の上にすわります。
これで準備完了！　いっきに景色がたかくなってきゅうにえらくなったような気もちです。
思っていたほどこわくありません。
「じゃあ、行くよ！」
おじさんが馬を引いてあるきだすと、馬もその速度にあわせ、ゆっ

くりとあるきます。
「この子の名前、なんていうんですか?」
チイちゃんがきくと、おじさんが「ハヤテって言うんだよ」と言いました。
「ハヤテは何歳ですか?」
「もう20歳なんだ……。おじいちゃんだね。人間で言うと60歳はとうにこえてるよ。6歳まで競走馬だったんだ。そのあと、このクラブにきて14年ずーっとぼくがめんどう見てきたからねえ……。家族といっしょにいる時間より、ハヤテといっしょにいる時間のほうがながいくらいだよ」
「えー、そんなおじいちゃんなのに……、人間をのせてあるくのたい

61　チイちゃんと馬

「へんじゃないかなあ……」

チイちゃんは、ハヤテのことが心配になってきききました。

「馬も人間も、仕事をしていたほうが元気なんだよ。それにハヤテは、おじいちゃんだから走らなくていいよう、はじめてのお客さん担当なんだ。こうしてのんびりあるくぶんには、ハヤテの健康にもいいんだよ」

チイちゃんは、シャキッとせすじをのばしてまえを見ました。

これまで見てきた景色とはまるでちがいます。

「はじめてのるにしては上手だね！ こわがって、まえかがみになる人もおおいんだけど、馬にのるときはえらそうなくらいせすじをのばしてのっているほうが、馬もあるきやすいんだよ」

言われて、気をよくしたチイちゃんは、右手でそっと、ハヤテのせ

なかをさわってみました。
「そうそう！　なでてあげてもだいじょうぶだよ！　そんなかんじで、そっとなでてあげて」
「ハヤテ、ありがとうね！　いい子だね！」
チイちゃんは、何度もハヤテに声をかけました。たのしくてしかたありません。
るくハヤテの体のリズムがつたわってきます。ぱっかぱっかとあ
15分の引馬は、あっというまにおしまいです。
「さいごに、ハヤテにおやつ、ニンジンをあげてくれる？」
おじさんはチイちゃんにニンジンをわたすと「ハヤテがニンジンを半分、口に入れたら手をはなしてね。かまれちゃうから」とおしえて

63　チイちゃんと馬

くれました。
「ハヤテ、ありがとうね！　はい、ごほうび！」
　ニンジンをさしだすと、ハヤテはもぐもぐとニンジンを、ほおばりました。チイちゃんは、言われたとおりハヤテがニンジンを半分ほど食（た）べたところで手をはなしました。
　ニンジンを食（た）べおえると、おじさんが糠（ぬか）をまぜた水（みず）をバケツにもってきて、ハヤテにあたえます。
「馬（うま）も熱中症（ねっちゅうしょう）になるから、あつい季節（きせつ）にはじゅうぶんに水（みず）をのませなくちゃだめなんだよ」
　おじさんのことばに、チイちゃんはクロとアカのおじいちゃんのことばを思（おも）いだしました。人間（にんげん）に飼（か）われている動物（どうぶつ）の健康（けんこう）は、すべて人（にん）

64

間が責任をもって、見てあげなくちゃいけないんだなあ——。そんなことをかんがえてハヤテを見ていると、ハヤテが口をくちゃくちゃして、あまえるようなしぐさで、厩務員のおじさんに大きな顔をすりよせていきました。

そのすがたは馬のことをなにもしらないチイちゃんが見ても、おたがいを信頼していて、とてもふかいきずなでむすばれているように見えたのです。

なんと言っても14年という長いあいだ、ふたりは毎日いっしょにすごしてきたのです。

きっとハヤテにとって、おじさんは、だれよりも安心できて、だれよりも大すきな人間なのでしょう。

"いっしょにいるだけで、おたがいの心がぽかぽかになっていくんだなあ……。あたしも、馬と、そんな友達になってみたい——"

おじさんとハヤテのすがたを見て、すっかり馬のとりこになったチイちゃんは、そのまま夏休みのあいだじゅう、牧場で厩舎のそうじや草刈りなどのお手つだいをはじめました。
お手つだいをすると馬にすきなだけのれたからです。
馬といっしょにいればいるほど、馬のことをしればしるほど、どんどん馬がすきになっていきます。
大すきな厩務員さんを見る馬のまなざしは、やきもちをやきそうになるほどまっすぐで、やさしくて、きれいです。その目は、どんな悲

しみもつつみこんでくれるほどふかくすみわたっています。動物はウソをけっしてつかない生きものです。
「自分も、あんな目で見つめられたら、はなれられないなぁ……。ずっと、ずっといっしょにいたいな……」
それからというもの、お世話をしていた馬が体調をくずしたときには、ねずにめんどうを見るほどのかわいがりよう。
馬と毎日をすごしているうちに、いつしかチイちゃんは、「馬の獣医さんになりたい！」とかんがえるようになっていました。

目ざせ！ 馬の獣医さん！

チイちゃんが目ざす獣医さんには、大きくわけて2つのタイプがあります。

ひとつは、牛や馬など大型の動物をみる「大動物の獣医さん」。

もうひとつは、犬やネコなどをみる「小動物の獣医さん」で、街の動物病院の獣医さんは「小動物の獣医さん」です。

どちらを目ざすにしても、獣医さんの勉強ができる大学に入らなくてはなりません。

チイちゃんのあたまのなかは、高校2年の夏休みから「馬」のことでいっぱいです。
大動物の獣医さんになるために、チイちゃんは猛勉強をはじめました。そして、そのねがいがかなって、大学の獣医学部にみごと合格したのです。
大学に入学すると、部活動もまようことなく馬にのれる「馬術部」をえらびました。
馬術とは、人と馬がいっしょになっておこなう「競技」のことです。大すきな馬にのれる競技ですからたのしいはずです。でも、いざはじめてみると馬術がすきになれません。
あれほど馬がすきで、高校生のときにたくさん馬にのっていたのに、

「馬にのること」と「馬術」は、チイちゃんにとってまるでちがうものだったからです。

馬術は「競技」なので「よい成績をとる」ことが目標となります。よい成績をとるために、馬にのり、馬にトレーニングをするのです。

チイちゃんにとって、競技のための「成績」なんてひつようありません。よい成績をとっても、それは人間のためのもので、馬にはまったく関係ないのです。

チイちゃんは、すぐ馬術部をやめることにしました。

でも……、馬がすきで、馬にのりたい気もちにかわりありません。

そこで、なかまとそうだんしてお金をだしあい、馬を乗馬クラブにあずけながら、自分たちで飼い、すきなときに、自由に乗馬をたのし

むことにしたのです。

たいせつなのは、自分も馬もおたがいがたのしめること――。自分がたのしくても、馬がたのしくなくては、それは「たのしい時間」にはなりません。

生き生き走る馬とすごす時間は、心がぽかぽかして、チイちゃんにとってはいちばんのやすらぎです。

「馬の獣医さんになる！」

馬にのるたびにその夢がどんどんふくらみ、チイちゃんはその夢にむかって、まっしぐら！　このまま熱心に大学で勉強をして、獣医師の国家試験に合格すれば、まちがいなく夢がかなっています。

そうかんがえると、大学で馬のことを学ぶのがますますたのしくなっ

大動物の勉強がある日は、あさからワクワク！
今日は、牛や馬の「繁殖」にかんする「直検」の実習日です。
大動物の獣医さんは牛や馬に「直検」とよばれる直腸検査をたびたびおこないます。
「直検」とは繁殖のためにメスの馬や牛の卵巣の状態を手でしらべる検査のことです。
獣医さんが直接馬や牛の腸に自分のうでを入れ、卵巣をさわり、卵の大きさをしらべて妊娠できそうな日を計算するのです。
この検査をするためには、馬や牛の肛門から手を入れて、腸のおくまでうでをぐっとふかくさしこまなければなりません。

まずは牛です。チイちゃんは検査をするため、さっそく、牛のうしろにまわりました。心臓がドキドキしてきんちょうします。見よう見マネで、言われたとおり肛門からうでをぐいっと、腸のおくふかくまでさしこみました。牛のおなかのなかはあたたかいというよりあついほどです。
「自分は、命にかかわる仕事をえらんだんだ……がんばらなきゃ……」
牛の体温をかんじながら、チイ

ちゃんは、むねがきゅっとなりました。

牛のつぎはいよいよ馬です。

やりかたはおなじなので、さっきほどドキドキしません。大すきな馬の「直検」です。ますますやる気がわいてきます。チイちゃんは「ようし！」ときあいを入れて、馬の肛門から手をさしこみました。

ところが……、身長が１５５センチほどのチイちゃんのうでは、せのたかい馬の肛門から腸まで手をいれるのがやっとで、卵巣があるところまでとどきません。

牛は足がみじかく、せもひくいので卵巣のある場所まで手がとどきますが、せのたかい馬の「直検」は、どうがんばってもムリです。

74

チイちゃんはとつぜん、かなづちであたまをガーンとなぐられたような気もちになりました。

これでは、大動物の獣医さんとしてたいせつな仕事ができません。台の上にのれば手がとどきますが、台をつかって「直検」をすることはできません。あいては大きな馬です。けとばされるなどしたら、いちだいじ。ケガだけではすまないのです。

「馬の獣医さんになりたくて……、ここまでがんばってきたのに……」

こればかりは、自分の努力ではどうにもなりません。

チイちゃんの大きな夢は「体がすこし小さい」という理由だけで、一瞬にしてふきとんでしまったのでした。

75　目ざせ！　馬の獣医さん！

かみつき犬・マルとのであい

チイちゃんは夢をあきらめることができませんでした。

でも何度かんがえても、こたえはおなじ。魔法つかいでもやってきて、チイちゃんの身長をのばしてくれないかぎりダメなのです。

馬のことがあたまからはなれず、もうなにもする気がおこりません。なくだけないたチイちゃん……。馬のことをわすれるために、どこかとおくに行ってみたくなりました。

そして、ちょっとだけ日本をはなれ、アメリカにでかけてみること

にしたのです。
おせわになったホームステイさきの家では、どの家族も犬を飼っていました。
アメリカ人は日本人より犬がすきなようです。
ゴールデン・レトリーバー、ラブラドール・レトリーバー、コリー、ジャーマンシェパードなど、おおくが大型犬です。
からだの大きいアメリカ人は

やはり大きな犬がおきに入りなのでしょう。

「これくらいせがたかければ、馬の直検もできたのに……」

ふとかんがえましたが、その思いをふりきるために、とおいアメリカまでやってきたのです。

さいわい、犬も大すきだったチイちゃんは、犬のおかげでなかよくなれないホームステイさきでも、ホストファミリーとすぐになかよくなることができました。ホストファミリーとのお話も犬やネコのことばかり。大きな犬が家のなかで家族といっしょにくつろいでいるのを見て、日本とはずいぶんちがうな……と、チイちゃんは思いました。

当時、日本では、おじいちゃんの家のクロ、アカ、ポチのように大きな犬は庭で飼われているほうがおおかったからです。

こうして、いくつかのホームステイさきでおせわになり、アメリカ生活をおえたチイちゃんは、日本にかえるさいごの日、ニューヨークにすむ日本人、とし子さんの家にとまることになりました。

とし子さんはひとりずまいで、マルチーズのマルといっしょにくらしていると言います。

どこの家に行ってもアメリカでは、犬・犬・犬です。
この国の人にとって、犬は「家族の一員」。動物の医学も日本よりとてもすすんでいました。

ちかくの駅までむかえにきてくれたとし子さんといっしょに、とし子さんのすむマンションに入り、ろうかをあるいていると「ワンワン

「ワン！」という犬のなき声がきこえてきました。その声をきいたチイちゃんは、小学生のときにあったマロンのことを思いだしました。

「マル！　おきゃくさんよ」

とし子さんにまねかれて、部屋に入るとマルが「うううう〜……」とうなってチイちゃんを見ています。

「ごめんね……おくびょうなのか、すぐかむクセがあって……」

ふと見ると、とし子さんの手はキズあとだらけ。

「はずかしいんだけど、マルは気に入らないことがあるとすぐにかみつくの。さんぽに行くときもにげまわって、首輪もリードもつけることができない。ブラッシングもできない。すっごくこまっていて……」。

80

「チイちゃん、将来は、獣医さんになるんでしょう？　どうすればいい？」

いきなりしつもんされて、チイちゃんは、びっくり！

チイちゃんは獣医さんになるつもりですが、今はまだ学生です。マルがかみつく原因も、それをなおす方法も、まったくわかりません。

こまっているとし子さんを、たすけてあげることができないのです。

とし子さんは、大きなためいきをつくと「マル……おいで！」とマルをよびましたが、マルは、とし子さんの言うことをまったくきこうとしません。

とし子さんはさっきより大きなためいきをまたひとつつきました。

「わたしにとって、マルがたったひとりの家族なのに……」

ひとりぐらしのとし子さんにとって、マルはいつもそばにいてくれ

る家族です。そのマルとなかよくできないのは、どんなに悲しくつらいことでしょう……。

さびしそうなとし子さんを見て、チイちゃんは、なにもしてあげられない自分にはらがたってきました。

「まだ学生でよくわからなくて……ごめんなさい……」

チイちゃんは、心からもうしわけなく思いました。

クロやアカ、そしてホームステイさきの犬たちのように、とてもフレンドリーで人間とすぐなかよくなる犬ばかりではありません。理由はわかりませんが、ポチャマロン、そしてマルのように人間と上手に友達になれない犬もおおくいるのです。

獣医さんと言えば、動物の病気やケガなどの治療をするお医者さん

のことばかりあたまにありましたが、飼い主さんを「こまらせる行動」をなおせる獣医さんがいたら、きっとポチャマロン、マルも、飼い主さんと毎日わらってくらせるはずです。

おたがいがなかよくなれれば、人間も犬もしあわせになれます。

行きの飛行機のなかでは、馬のことばかりかんがえていたチイちゃん。

ところが、かえりの飛行機のなかで、チイちゃんのあたまのなかをいっぱいにしたのは、馬ではなく、鼻にしわをよせてガウガウと、飼い主のとし子さんをかもうとしていたマルのすがたや、自分の手をかんで、おびえたように走ってにげたマロンのことだったのです。

かみつき犬が人間となかよくくらせる方法がきっとあるはずだ！

それには「犬の行動」をうんと勉強して、犬の気もちがわかるようにならなければなりません。
チイちゃんは「かみつき犬」から獣医さんとしての、大きな大きなヒントをもらったのでした。

チイちゃん先生の診察室

大学を卒業したチイちゃんは獣医師国家試験に合格して獣医さんになりました。

そのご、チイちゃんの毎日は大いそがし！動物病院ではたらくチイちゃん先生の診察室には、今日も飼い主さんが犬をつれてやってきます。

でもここにくる犬は、病気やケガでおとずれるのではありません。

ここにくるおおくの犬が、チイちゃん先生がアメリカででであったマ

ルのように、飼い主さんをかむ犬です。チイちゃん先生は犬やネコの病気を治療する獣医さんではなく、飼い主さんをかんだり、攻撃したりする犬の「行動」を治療する獣医さんになったのです。

その日、はじめてチイちゃん先生の診察室をたずねたのは、柴犬の小太郎です。
「小太郎くんは、さんぽに行くとき首輪をつけようとすると、かみつくんですね？」
チイちゃん先生は、飼い主さんにかいてもらった質問票を見ながら飼い主さんにていねいに話をききます。
見ると、飼い主さんは左手に包帯をまいています。
「首輪をつけるとき、耳をふせてにげまわったのですが、なんとかつかまえて首をさわったら、思いきりかまれてしまって……手を大けが

したので、救急車をよびました……」

チイちゃん先生は「まただ……」と思いました。

自分の犬にかまれて救急車をよぶほど大ケガをした飼い主さんがほかにも大ぜいいたからです。家族ではどうすることもできず、ついにチイちゃん先生の診察室にやってくるというわけです。

チイちゃん先生は、そうなるまえに診察にきてほしかったなあと、そのたびに思っていました。

「動画はありますか？」

チイちゃん先生が言うと、飼い主さんがスマートフォンをさしだして動画を再生しました。診察の予約のときに、かみそうなときの動画を撮影するよう、飼い主さんにまえもっておねがいしてあったのです。

その動画があれば、「いつ」「どんなとき」にかみそうになるのか、また、そのまえとあとの小太郎のようすをしることができます。犬ならシッポが下がっているか、耳がうしろにたおれているか、せなかの毛が逆だっているか「動物の行動」をたくさんまなび、研究してきたチイちゃん先生は、犬の行動のわずかなサインも見のがさず、みることができるのです。

チイちゃん先生の診察室にやってくる飼い主さんはみな、とてもねっしんで、チイちゃん先生の言うことをいっしょうけんめいにきいてくれます。

飼い主さんのなかには、犬が人をかんだとたん「犬がわるい」と言って保健所にひきとっめつけ、犬をすててしまったり、「いらない」

てもらったりする飼い主さんもいるのです。
でも、ここにくる飼い主さんは、けっして自分の犬がわるいときめつけず、その子が「かむ原因」をしって、きちんとなおしたいと思う、やさしい飼い主さんばかり——。

チイちゃん先生は、飼い主さんが、犬と毎日笑顔でくらせるよう、できるだけ力になりたいと思っていました。
「家族のみなさんが、バラバラのルールで小太郎くんとせっしていませんか? そのため、小太郎くんは、なにがただしくて、なにがまちがっているのかわからずこんらんしている可能性があります。それから小太郎くんは、飼い主さんの手をこわがっているようです」
それをきいた小太郎の飼い主さんはうなずきながら「かむのは、わたしたちが小太郎をこんらんさせたせいなんですね」と小さな声で言いました。
それはとおいむかし、マロンにかまれたチイちゃん先生がかんじた気もちとおなじでした。

「たいせつなのは、まず、家族のみなさんでおなじように小太郎くんにせっし、おなじルールですごすこと。おなじことをしているのに、お父さんにはあたまをなでてもらって、お母さんにはダメ！ と言われたら、犬もあたまがこんがらがっちゃうんですよ……」
「どうすれば、いいんでしょう？」
「まず、かむからと言って、たたく、なぐるなどの体罰は絶対にダメです！」
　飼い主さんに言うと、チイちゃん先生は、トレーニングのお手本をしめすことにしました。

おしえて！チイちゃん先生！こわがりで、かむ犬のトレーニングってどうするの？

〈準備(じゅんび)するもの〉
- **犬(いぬ)を入れるサークル**（かまれないようにするため）
- ごほうびとなるおやつ

① トレーニングのときは、犬をサークルのなかに入(い)れる。家族(かぞく)みんなでおなじルールで犬とせっすることを、きちんと話(はな)しあう。

② まず、名前をよんで、こちらを見たら、「いい子」とほめて、小さなごほうびをサークルのなかにほうりなげる（犬にかまれないため）。

③ ②を何度もくりかえし、「いい子」＝「いいことがおこる〈おやつ〉」と犬に勉強してもらう。

④ つぎはおなじ方法で、「おすわり」などの指示をだして、トレーニングをおこなう。

⑤ かんたんなトレーニングが上手にできたら、犬のからだのふれてもイヤがらないところに「タッチ」と言いながらさわって、イヤがったりおこったりしなければ「いい子」と言って、おやつをあたえる。

⑥ いちばんにがてなところ以外、なでられるようになったら、さわってかまれるところ（小太郎の場合は首まわり）で、⑤とおなじトレーニングをする。
まず一瞬の「タッチ」からはじめて、さわってもおこったり、うなったりしなければ、成功。

成功ごとに「いい子」と言って「おやつ」をあげる。

すこしでも、かみそうになったり、うなったりするのであれば、トレーニングは中止して獣医さんにそうだんしよう。犬がイヤがるようであれば、トレーニングをむりにつづけてはいけない。

このトレーニングは、おやつをつかって、こちらの指示をきちんときくことができたら、ほめておやつをあげる、という方法。

〈ポイント〉
- 「上手にできた」ら、1秒以内にすぐにほめて、すぐにおやつをあげること。
- けっしてルールを変えず、毎日、おなじことを根気よくくりかえすこと。
- 犬があきるまえにトレーニングをおえて、時間をおいてから何度もくりかえすこと。
- けっして犬をたたいたり、こわがらせたりすることはしないこと。

「つぎの診察の日まで、このトレーニングをつづけて、そのようすを動画にとってきてください」

小太郎の飼い主さんが、チイちゃん先生の話をしんけんにききながら、大きくうなずきました。

小太郎のように、飼い主さんにとって「こまった行動をおこす犬」を「なかよくできる犬」にするためには、飼い主さんがまず犬の気もちをかんがえ、犬となかよくしたいと努力することがたいせつなのです。犬は話ができません。自分の気もちをことばでつたえることができません。

家族のみんなが、バラバラのルールで犬とせっしていたり、人間のつごうでたたいたりしては、犬はとても不安になります。飼い主さん

のことをしんじられなくなります。

おおくの原因は、わたしたち人間にあるのです。

今のチイちゃん先生なら、ポチャマロン、マルを「かみつき犬」から「人間となかよくできる犬」にかえることができたでしょう。

チイちゃん先生は今でも、マロンにかまれた日のことをはっきりとおぼえています。

あの日、チイちゃん先生は、なきながら、マロンにあやまりました。

"マロンがかんだのは、きっと自分が、マロンのイヤがることをしたからだ!"

いつもあいての気もちをかんがえる心があれば、「人間と動物」「人間と人間」は、ケンカせず、もっと、もっと、なかよくなれるはず——。

チイちゃん先生は、すべての飼い主さんに、そんな「やさしい心」をもってほしいとねがっています。

あの日から、50年の月日がすぎていました——。

（おわり）

101　チイちゃん先生の診察室

作者　今西乃子（いまにし のりこ）

一九六五年、大阪府岸和田市生まれ。日本児童文学者協会会員。児童書のノンフィクションを手がけるかたわら、小・中学校などで「命の授業」を展開。『ドッグ・シェルター』（金の星社）で第36回日本児童文学者協会新人賞を受賞。著書に『犬たちをおくる日』（金の星社）『命のバトンタッチ』『しあわせのバトンタッチ』『捨て犬・未来とどうぶつのお医者さん』『ゆれるシッポの子犬・きらら』『捨て犬・未来、しあわせの足あと』（岩崎書店）などがある。

公益財団法人 日本動物愛護協会常任理事。特定非営利活動法人 動物愛護社会化推進協会理事。

ホームページ https://www.noriyakko.com

画家　あたちたち

イラストレーター・漫画家。わんこが大好きでわんこばかり描いている。Xで公開していた漫画やイラストを新たに編集した電子版『しばいぬのあたちたち①〜④』を配信中。YAHOO CREATORS／LINE STAMP等でも活動。

ホームページ https://www.atachitachi.com

X @atachitachi

犬にかまれたチイちゃん、動物のおいしゃさんになる

2024年7月31日 第1刷発行

作者 今西乃子
画家 あたちたち
発行者 小松崎敬子
発行所 株式会社岩崎書店
〒112-0005 東京都文京区水道1-9-2
電話 03-3812-9131（営業）
03-3813-5526（編集）
印刷所 株式会社光陽メディア
製本所 株式会社若林製本工場
表紙デザイン 山田 武

NDC913
©2024 Noriko Imanishi & Atachitachi
ISBN978-4-265-07270-5
Published by IWASAKI Publishing Co.,Ltd. Printed in Japan

ご意見・ご感想をおまちしています。
E-mail：info@iwasakishoten.co.jp
岩崎書店ホームページ
https://www.iwasakishoten.co.jp

本書のコピー、スキャン、デジタル化等の無断複製は著作権法上での例外を除き禁じられています。
本書を代行業者等の第三者に依頼してスキャンやデジタル化することは、
たとえ個人や家庭内での利用であっても一切認められておりません。
朗読や読み聞かせ動画の無断での配信も著作権法で禁じられています。

落丁本・乱丁本は小社負担にておとりかえいたします。

低学年 中学年 向き

今西乃子の本

<中学年から>

- 🐾 ゆれるシッポの子犬・きらら
- 🐾 子犬のきららと捨て犬・未来
  　まあるい、まあるい、ふたつのシッポ
- 🐾 ねだんのつかない子犬・きららのいのち
- 🐾 子犬のきららと捨て犬・未来
  　ゆれるシッポ、ふんじゃった！

<低学年から>

- 🐾 かがやけいのち！ みらいちゃん　　（絵・ひろみちいと）
- 🐾 子うしのきんじろう いのちにありがとう

　　　　　　　　　　　　　　　　（絵・ひろみちいと）